IMPRIMERIE DE MADAME JEUNEHOMME-CRÉMIÈRE,
RUE HAUTEFEUILLE, N⁰ 20.

DE

L'INTENTIONNALITÉ

EN MATIÈRE

DE DÉLITS LITTÉRAIRES;

Par M. S.-G.,

OFFICIER DE CAVALERIE, ÉLECTEUR DU
DÉPART. DE L.-S.

A PARIS,

CHEZ { L'HUILLIER, Libraire, rue Serpente, n° 16 ;
Delaunay, Libraire, au Palais-Royal.

1819.

DE

L'INTENTIONNALITÉ

EN MATIÈRE

DE DÉLITS LITTÉRAIRES.

Considérations générales.

L'OBSERVATEUR, homme de bien, est effrayé en songeant avec quelle rapidité la société marche vers le chaos et l'absurdité ; tout s'embrouille, tout s'obscurcit, les choses les plus simples et les plus claires en apparence deviennent inintelligibles par la merveilleuse facilité avec laquelle on les commente dans tous les sens ; rien n'est sûr, rien n'est positif, rien n'est plus à l'abri des interprétations les plus inattendues et les plus opposées à la simple nature des choses.

Sans doute les interminables disputes des 13e, 14e et 15e siècles, au sujet des questions de scholastique et de théologie, étaient un grand exemple de l'abus du raisonnement et de la dialectique; mais du moins elles n'avaient, le plus souvent, rapport qu'à des questions oiseuses et peu importantes en elles-mêmes.

La philosophie qui n'est que la véritable appréciation des choses, a, sans contredit, fait justice de tous ces doctes riens, mais elle ne nous a pas entièrement affranchis des habitudes de l'erreur et du sophisme, peut-être même (et il est inutile d'employer ici la forme du doute) on peut affirmer que le mal est incomparablement plus grand qu'il ne l'était alors : la malheureuse manie des raisonnemens captieux nous a été transmise des siècles précédens, mais ce ne sont plus sur des questions oiseuses que s'exerce la dextérité d'esprit des disputeurs, c'est sur les choses habituelles de la vie, sur les bases de la sociabilité, c'est sur les principes de la morale, de la politique, que nous ne sommes plus d'accord. L'utilité personnelle, l'utilité générale, la légitimité, l'usurpation, le devoir, la conscience, la morale, la liberté, tout cela ne sont plus que des mots pour ou contre lesquels on dispute avec plus ou moins d'avantage, selon l'adresse et la facilité des disputeurs, et nous voici bientôt arrivés à cet absurde et effrayant résultat de ne savoir plus ce qui est bien ou mal.

Mais...., de même que l'antidote se trouve presque toujours à côté du poison, de même les progrès de la philosophie pratique, c'est-à-dire, de la raison, sont aussi incontestables qu'il est vrai que l'abus du raisonnement éloigne l'homme de son bon sens instructif et de sa droiture primitive.

Ainsi l'esprit humain marche, sous quelques rapports, vers la perfectibilité, tandis qu'il se précipite, sous d'autres, vers la confusion.

En effet, les sciences physiques et mathématiques, par les développemens qu'elles ont acquis, ont singulièrement agrandi le domaine de la raison humaine.

Il n'est pas jusqu'à la médecine qui, de conjecturale et toute hypothétique qu'elle était, ne soit devenue une science d'observation et de raisonnement.

(4)

L'immortel Molière a sapé dans sa base cet arbre parasite et monstrueux; et sous ce rapport Molière est bien moins, pour moi, un poëte qui saisit des ridicules, qu'un législateur profond qui attaque de front et terrasse , sous ses coups redoublés , une institution odieuse, un typhus social, une plante vénéneuse, dont les rameaux enlacés à d'autres rameaux non moins dangereux , menaçaient d'étouffer les germes d'une sociabilité bien entendue, et de la replonger dans le chaos et la barbarie des siècles précédens.

Molière n'attaqua pas avec moins de supériorité et de bonheur l'hypocrisie, et je ne sache pas que personne se soit encore avisé en comparant les *Provinciales* au *Tartufe*, de remarquer jusqu'à quel point Pascal et Molière furent collaborateurs dans cette grande réforme.

Toutefois, il est juste de dire que tandis que Pascal dirigeant les traits de la plus mordante satyre contre un seul ordre religieux, donnait à cette guerre l'apparence d'une haine personnelle , en même temps qu'il s'efforçait d'asservir toutes les puissances de son génie aux croyances aveugles et minutieuses d'une religion révélée, Molière, au

contraire, planant sur l'universalité des institutions, les frappait avec force dans l'endroit
où elles étaient dangereuses pour l'intérêt
de la sociabilité, sans égard pour des considérations particulières.

En médecine le signal de la réforme a suffi,
il a été entendu, elle s'est opérée d'elle-même;
en théologie elle s'est faite plus difficilement,
trop d'intérêts se trouvaient froissés, les institutions religieuses ont été vivement atta-
quées et vivement défendues. Les haines et
les intérêts des hommes, trop étroitement
unis aux doctrines et aux opinions religieuses,
ont métamorphosé en guerres sanglantes des
guerres de principes et de raisonnemens.
Aussi, tandis qu'en médecine la révolution
s'est opérée sans coup férir, les révolutions
religieuses et politiques ont été le sujet ou
le prétexte de meurtres innombrables : heureux si tant de crimes ne devenaient pas inu-
tiles, et si après tant de secousses dans les
institutions savantes, religieuses et politiques,
les hommes instruits par l'expérience, por-
taient dans les autres élémens de la sociabilité
l'esprit de raison et de philosophie dont ils
ont déjà fait une heureuse application dans
ces différentes sortes d'institutions !

Ce n'est point ici le lieu d'examiner si, dans la crainte des dangers d'une réforme, on doit laisser étouffer le corps social sous le poids des usurpations de quelques-unes de ses institutions.

Certes, si jamais usurpation fut révoltante, c'est celle de l'ordre judiciaire ; mais quelle voix serait assez forte pour se faire entendre au milieu des hurlemens dela *bande noire*? quel bras est assez vigoureux pour terrasser ce monstre de la chicane qui , dans ses exactions journalières , s'approprie impunément la principale partie des intérêts qui lui sont confiés , dont le passe-temps habituel est de souffler les haines et la discorde au sein des familles les plus unies.

N'arrivera-t il donc jamais celui-là qui, posant d'une main ferme les bases du juste et de l'équitable , dira à l'homme : Descends dans ton propre cœur, écoute sa voix, et juge toi-même ce qu'il est juste de faire, gardes-toi bien d'écouter les suggestions de l'étranger qui convoite l'héritage de ton père, fais toi-même la part de ce qu'il en doit revenir à ton frère, d'après les règles établies; aies soin d'y ajouter quelque chose en sus, afin de joindre au mérite de l'équité celui

de la bienfaisance, et continuez tous deux
à vivre unis comme au temps où l'intérêt
était encore ignoré de vous.

De l'équivoque et de l'ambiguité du langage.

PARMI les vices nombreux de l'organisation judiciaire actuelle, on peut signaler
l'abus des mots.

L'anxiété d'un juge honnête homme (car
j'aime à croire qu'il en est) doit être grande,
quand, exposé des jours entiers à toutes les
séductions du langage, à toutes les tromperies
raisonnées, à toutes les faussetés éloquentes
de deux énergumènes qui se font un jeu de
torturer le sens et la raison, il lui faut opter
entre deux opinions peut-être également
fausses et erronnées. Heureux si l'homme
entre les mains de qui sont les destinées de
ses semblables, n'était accessible ni à la haine,
ni aux préventions, ni à l'esprit de parti, ni
à l'intérêt, etc. etc. etc.! Mais cet état de dé-
pravation est, je ne dirai pas si possible, mais
si habituel, que l'institution du jury en est
la conséquence rigoureuse.

En effet, il est si difficile à l'homme ainsi

déchu par les passions et l'habitude du raisonnement, de retrouver (le voulût-il) son
équité première, que c'est à l'homme primi-
tif, à l'homme encore vierge de toutes les
pollutions du raisonnement, que l'on s'a-
dresse pour reconnaître les traces de la vérité
au milieu de la confusion naturelle, résul-
tante de l'équivoque et de l'ambiguité conti-
nuelle des expressions.

Du langage français, bizarre hermaphrodite,
De quel genre te faire, équivoque maudite,
Ou maudit, car, sans peine, aux rimeurs hasardeux
Le sage encor, je crois, laisse le choix des deux.
. . . .
C'est à faire surtout ignorer la justice,
Que l'on voit s'attacher ta savante malice;
Dans les plus claires lois ton ambiguité
Répandant son adroite et fine obscurité,
Aux yeux embarrassés des juges les plus sages
Tout sens devient douteux, tout mot a deux visages.
Plus on croit pénétrer, moins on est éclairci.
Le texte est trop souvent par la glose obscurci;
Et pour comble de maux, à tes raisons frivoles
L'éloquence prêtant l'ornement des paroles,
Tous les jours accablé sous leur commun effort,
Le vrai passe pour faux, et le bon droit a tort.

Quelle règle faudra-t-il suivre ? quel fil
conduira le juge hors de ce labyrinthe de

(9)

crime et de mensonge ? les faits dira-t-on !
Oui sans doute, les faits sont l'essence du
vrai, mais comment les reconnaître ? sous
combien de faces différentes les faits les plus
matériels ne sont-ils pas déguisés ? qui ne sait
à combien de méprises barbares les alibi,
les apparences trompeuses, les interprétations malicieuses ou erronnées ont donné
lieu ? et pourtant si les faits eux-mêmes ne
sont point encore une règle assez sûre pour
distinguer le vrai, que sera-ce si le délit par
sa nature est immatériel, et s'il n'a de réalité
que celle qui lui est accordée par l'interprétation ? C'est ce qui a lieu dans les délits de la
presse ; cherchons donc le degré de criminalité dont peut être susceptible le délinquant
en matière littéraire.

*De la criminalité littéraire et de ses consé-
quences.*

Qu'un homme soit assassiné ou volé, voilà
des délits matériels, qui réclament toute la
sévérité des lois, tant à cause de l'intention
de leur auteur, que de leurs conséquences
pour la société.

Mais qu'un auteur, dans son cabinet, se livre à tous les déréglemens de l'imagination, tant que son livre n'est pas imprimé, publié, distribué, il n'y a pas de délit devant la loi.

En effet, le délit littéraire a cela de particulier, qu'il est inerte par lui-même, et qu'il ne prend véritablement le caractère de délit que par les circonstances qui l'accompagnent.

Ces circonstances sont, l'intention de l'auteur, et l'effet que peut produire l'ouvrage.

L'intention de l'auteur semble donc pouvoir être regardée comme la matière première du délit. Cependant, si, comme je viens de le dire, l'intention elle-même ne devient délit que par la publicité, et par l'effet qu'elle peut produire, je n'hésite point à regarder comme premier chef de criminalité, l'effet produit par la publicité de l'ouvrage.

Le législateur doit donc, avant tout, déterminer les cas où la publication d'un livre peut être regardée comme dangereuse. Mais ce n'est point de la criminalité proprement dite, que j'ai voulu traiter dans cet essai : je remets à d'autres temps à m'occuper de cette matière, et me bornant à ce qui regarde l'intentionnalité, j'établis seulement cette proposition : Peut-il y avoir criminalité dans une produc-

tion littéraire, par le seul fait de ses conséquences, et indépendamment de l'intention de
l'auteur ? non.

Je citerai, pour exemple, le cas fréquent
où un ouvrage, composé dans des circonstances politiques, et avec des intentions pures,
devient séditieux par suite des changemens
opérés dans les gouvernemens.

On trouve de ces exemples à chaque instant,
et parmi les conservateurs les plus passionnés
et les plus religieux du pouvoir absolu, et
parmi les amateurs les plus déterminés de
constitutions et d'actes additionnels : or, je
suppose qu'il ait été dit dans de tels ouvrages,
que, par exemple, la dynastie régnante au-
jourd'hui doit être exclue du trône, ou, ce qui
revient au même, que la dynastie régnante
alors, l'occupait légitimement. Voilà un délit
matériel : l'ouvrage est entre les mains de tout
le monde; il a acquis la plus grande publicité
possible, et pourtant, il n'y a point crime, à
cause des circonstances atténuantes, résultant
de l'intentionnalité.

Il est donc vrai que la criminalité littéraire
ne peut avoir lieu que par le concours des
circonstances aggravantes et de l'intention; et
que ni l'intention, ni les conséquences du

délit, indépendantes l'une de l'autre, ne peuvent constituer un délit.

De l'interprétation.

Les Français ont le droit de publier, ou de faire imprimer leurs opinions en se conformant aux lois qui doivent réprimer les abus de cette liberté.

Charte const. art. 8.

Quelles sont-elles ces lois? sont-elles tellement claire s, tellement positives , qu'elles ne puissent donner lieu à aucune interprétation ?

Ces interprétations , elles-mêmes, seront-elles faites avec cet esprit de droiture, d'équité, où l'on remarque, non le désir de trouver des coupables, mais celui de connaître la vérité ?.... Je m'arrête. A Dieu ne plaise que j'aille souiller mes regards du spectacle des *justicides* qui se commettent chaque jour. Qu'il en soit pour nous de ces orgies judiciaires, comme de ces autres lieux de débauche et de corruption , où, sans y mettre les pieds, il n'est que trop facile de présumer ce qui s'y passe.

En effet, que ne doit-on pas attendre des interprétateurs , quand l'obscurité, quand l'équivoque des lois elles-mêmes embarras-serait les esprits les plus droits, et les mieux intentionnés.

J'ouvre le Code : j'ouvre ce livre dans lequel repose toutes les garanties de la société; et le hasard fait tomber sous mes yeux l'article suivant.

« Quiconque sera coupable de faux témoignage en matière criminelle, soit contre l'accusé, soit en sa faveur, sera puni de la peine des travaux forcés à temps. »

« Si néanmoins l'accusé a été condamné à une peine plus forte que celle des travaux forcés à temps , le faux témoin qui a déposé contre lui, *subira la même peine. (Code pénal, Faux témoignage , art.* 361.)

Qu'est-ce que cela veut dire? *Le faux témoin ne subira-t-il* QUE *la même peine* (des travaux forcés à temps) que l'accusé soit condamné ou non , à une peine *plus forte que celle des mêmes travaux forcés à temps?*

Ou bien, *si l'accusé a été condamné à une peine plus forte que celle des travaux forcés à temps* (à la mort par exemple), le faux témoin *subira*-t-il également *la même* peine de mort ? Voilà, sans doute, une question importante, puisqu'il s'agit, à l'égard des faux témoins, d'opter entre les travaux forcés a perpétuité, ou la mort ?

Je n'irai point ici, sortant subitement de la question, examiner combien auraient mérité l'indignation et le mépris, des juges, qui, sans égard pour la loi, conserveraient des ménagemens pour le faux témoin qui aurait affirmé, avec une égale assurance, le pour et le contre; et qui, s'applaudissant avec insolence, de son impunité et des résultats sanglans de ses mensongères révélations, oserait encore, après un tel crime, marcher tête levée, grâce à l'indulgente complicité de ses juges. Je me bornerai à remarquer, me renfermant dans mon sujet, que, quand le texte même de la loi présente des équivoques aussi choquantes que dans l'article ci-dessus, on en doit attendre bien d'autres encore de ceux qui, par métier, sont sans cesse occupés à torturer le sens des paroles les plus claires.

Cependant, *il n'y a point de citoyen*, dit Montesquieu, *contre qui on puisse interpréter une loi, quand il s'agit de ses biens, de son honneur, ou de sa vie. (Esp. des lois.)*

Faites donc, en ce cas, des lois tellement

claires, tellement précises, qu'il ne soit pas loisible aux juges de condamner, *ou non*, à la peine de mort.

Mais sans m'appesantir ici à multiplier des exemples qui se renouvellent à chaque instant, et dont un seul suffit, je remarque que c'est surtout en matière de délits littéraires que l'interprétation sera dangereuse; car les langues sont des moyens si imparfaits de rendre nos idées, que les écrivains qui se font le plus remarquer par la fécondité, la force et l'étendue de leur esprit, n'en sont point exempts.

Qui ne sait les fastidieuses et interminables interprétations dont les traducteurs, glossateurs et commentateurs obscurcissent les moindres passages de l'antiquité.

« A Rome, dit encore Montesquieu, les
« juges prononçaient seulement que l'accusé
« était coupable d'un certain crime, et la
« peine se trouvait dans la loi, comme on le
« voit dans diverses lois qui furent faites.

« En Angleterre, ajoute-t-il, les jurys dé-
« cident si le fait, qui a été porté devant eux,
» est prouvé ou non; et s'il est prouvé, le
« juge prononce la peine que la loi inflige
« pour ce fait : et pour cela, il ne lui faut que
« des yeux »

Et quant au délit littéraire, le jury prononce si telle phrase, dont les termes sont
différens, peut être regardée comme séditieuse.

Il déclare ensuite si la phrase séditieuse
peut être interprétée dans le même sens que
celle de l'ouvrage, d'où il conclut si la phrase
de l'ouvrage est séditieuse.

Mais qui ne sait combien les paroles sont
mensongères, et de combien d'interprétations
différentes elles sont susceptibles.

*Laquelle somme je lui rendrai dans ce châ-
teau, ou je l'épouserai;* cela peut dire, *ou bien
je l'épouserai, dans lequel je l'épouserai,*
ad libitum.

Je veux donc que ce soit à l'esprit et non à
la lettre que l'on s'attache; et pour cela, c'est
à l'accusé seul, à être juge dans sa propre
cause.

Je veux qu'après avoir été en butte aux
interprétations de tant de nature auxquelles
la sagacité, la malignité, ou l'amour de la vérité, auront pu porter ses juges, l'accusé soit
seul chargé d'expliquer, de commenter sa
pensée, de l'achever, et de déterminer abso-
lument le sens qu'elle doit avoir.

C'est aux juges à examiner si l'explication

est plausible, si elle est conforme aux règles du bon sens et de la grammaire, et si elle se rapporte au reste de l'ouvrage : par ce moyen je donne à l'accusé la possibilité de se soustraire aux peines dont il était menacé. Il empêche, il prévient lui-même le mal qu'il eût pu faire, en présentant sa première pensée comme insuffisamment expliquée, et expressément dépendante du nouveau commentaire qu'elle reçoit.

C'est ainsi que l'esprit de la loi, toujours paternel, toujours bienveillant, toujours philosophique, cherche bien moins à trouver des coupables qu'à prévenir le mal. Les rois, a-t-on dit de tout temps, ne sont ou plutôt ne devraient être, à l'égard des peuples, que ce qu'est le père à l'égard de sa famille, c'est-à-dire, un chef, un soutien, un guide, un conseil, et surtout un ami.

Ces attributions touchantes, communes au père et au roi, sont sans doute, ce qu'il y a de plus doux dans l'une et l'autre condition ; mais il en est d'autres qui, pour être plus sévères et plus pénibles, n'en sont pas moins nécessaires : telles sont celles de juge et de législateur.

De même que dans toutes les nations, le père fut le juge naturel de ses enfans, tant qu'ils n'eurent point encore quitté sa domination, pour faire partie du corps social, de même toujours il dut entrer dans les attributions du juge de se rapprocher le plus possible, dans ses pénibles fonctions, de l'indulgence et de la clémence paternelle.

J'admets donc que le délinquant ait fait naître dans le cœur du juge le sentiment intérieur de sa culpabilité, je veux encore qu'elle reste ignorée jusqu'à ce qu'elle ait acquis le caractère de l'évidence et de la matérialité ; ce père, juge naturel de ses enfans, ne sait que trop bien qu'ils sont faibles et sujets à l'erreur. Il a calculé d'avance, dans son expérience et sa sagesse, quelles sont les fautes dans lesquelles ils devaient tomber, aussi cherche-t-il bien moins à connaître s'ils sont véritablement tombés dans le délit qu'il avait prévu, qu'à en prévenir les suites fâcheuses, et à les en préserver à l'avenir.

Que fera-t-il alors ? Il cherchera à pallier à leurs propres yeux, le délit encore équivoque dans lequel ils seront tombés; il leur persuadera qu'il sont moins coupables qu'ils ne le sont réellement; il fera naître en eux l'espoir que ce délit n'est point aussi grave qu'il pourrait l'être ; il fera naître en eux le désir

d'une excuse et d'un désaveu. . . . . . et j'ose as-
surer que le délinquant qui en est là, est beau-
coup plus éloigné de retomber dans la même
faute que celui qui a subi le châtiment le
plus sévère.

Les enfans sont de petits hommes, cela est
aussi vrai que cet autre adage, *les hommes
sont de grands enfans* ; « le devoir du législa-
« teur (a dit Mably , dans son *Traité de la
« législation , ou Principes des lois)*, est de
« faire fleurir les qualités sociales par les-
« quelles nous sommes invités à nous unir en
« société ».

La première de toutes les *qualités sociales*
est, sans contredit, le regret d'avoir commis
une faute contraire à ce même *ordre social*,
et d'en faire le désaveu formel. Or, le premier
des devoirs du législateur, doit être également de provoquer ces regrets et ce désaveu,
en donnant à l'accusé tous les moyens possibles
d'interpréter sa propre pensée, de manière
qu'elle ne puisse plus produire aucun effet
pernicieux à la société.

Je ne suis point de l'avis de ceux qui disent
que l'exemple et les supplices sont un frein
pour le crime. L'homme qui commet un

meurtre, sait bien qu'il sera pendu, et pourtant il le commet.

Il est très-remarquable, que c'est par les supplices, les persécutions et le martyre que les religions se propagent et font des prosélytes.

Du. désaveu.

Si donc nous admettons que par suite de l'imperfection, ou de l'insuffisance du langage, il y a des cas où la pensée d'un auteur peut être susceptible de différentes interprétations; j'ajouterai que nul ne peut mieux interpréter cette même pensée que son propre auteur.

Que si, comme je l'ai avancé ensuite, l'intention doit toujours faire partie constituante et nécessaire du délit, j'en conclus que le désaveu formel de l'auteur doit être admis toutes les fois que le délit n'étant pas évident, matériel et avoué par l'auteur, sa phrase peut donner lieu à quelque interprétation.

Mais ce serait mal connaître le siècle et les hommes de ce siècle (connaissance aussi affligeante qu'indispensable à celui qui s'occupe de l'origine, du but et de l'esprit des lois), que de ne pas laisser aux hommes appelés à juger leurs semblables, la possibilité de cacher leur malignité sous les apparences de l'humanité et de l'amour du bien.

C'est ainsi que de tout temps les délateurs et les accusateurs judiciaires ou privés, voilèrent leur abjection sous le prétexte de la morale et de l'intérêt public. Laissons donc à ces hommes de sang, la possibilité de distiller leur venin tout en sauvant les apparences, et de dire à l'accusé : Il importe au bien public, comme à votre honneur et à votre réputation, que telle phrase ne soit point interprétée de telle manière; en conséquence, veuillez en donner une explication différente de celle-ci.

Tel est le moyen qui me paraît le plus propre à exercer la sagacité du tribunal, à sauver les apparences de la persécution et de la malignité; enfin à détruire jusqu'aux moindres traces de criminalité dans les productions littéraires, en l'attaquant dans ses deux principes constituans : 1º l'intention de l'auteur ; 2º les conséquences de la publication de l'ouvrage qui commenté et interprété par l'auteur lui-même, ne peut plus présenter d'équivoque.

Jetons présentement un coup d'œil sur ce

qu'on peut entendre par les mots de responsabilité et de solidarité, et sur le degré de
culpabilité dont peuvent être susceptibles les
libraires, éditeurs, imprimeurs et distributeurs
d'ouvrages.

Et posons en principes, qu'il ne peut y
avoir de délits avérés, en matière littéraire,
que ceux avoués par l'auteur et reconnus par
le tribunal,

Responsabilité, solidarité.

Toute responsabilité non personnelle est
une œuvre de despotisme.

Elle tient bien moins à un sentiment équitable de la répression des délits, qu'au besoin
aveugle de trouver des coupables.

En effet, il paraît absurde d'aller punir
d'un crime celui-là qui n'en est pas l'auteur.

Je sais que de moi tu médis l'an passé :
—Comment l'aurais-je fait, si je n'étais pas né?
—Si ce n'est toi, c'est donc ton frère ?
—Je n'en ai point.— C'est donc quelqu'un des tiens.

Voilà toute la morale de la responsabilité involontaire.

Aussi n'hésité-je point à regarder comme des monstruosités la loi des otages, la responsabilité des communes, et plus encore celle des pères, lors de la désertion des conscrits., etc. etc.

Il n'en est pas ainsi de la responsabilité à laquelle on peut donner par opposition la désignation de personnelle.

Tout homme est responsable de ses faits et actions, c'est la conséquence naturelle de l'admirable faculté, appelée libre arbitre, généralement accordée à l'homme par tous les moralistes, et qui lui fut vivement disputée dans ces derniers temps.

Si l'homme est aveuglément soumis aux influences de son organisation physique et de son tempérament, le libre arbitre cesse, et il cesse également d'être responsable de ses propres actions; ce qui paraît absurde. Admettons donc que l'homme est responsable de lui-même, jusqu'à ce que l'expérience et la physiologie nous aient appris dans quel cas il cesse de l'être.

Ainsi la responsabilité ministérielle, dont on s'occupe aussi en ce moment, me paraît renfermer le caractère de responsabilité personnelle, puisqu'elle consiste, de la part du ministre, non dans la responsabilité du texte de la loi, dont ce même ministre n'est pas l'auteur, ce qui retomberait dans la responsabilité despotique ou absurde, tandis qu'au contraire, le ministre n'a pris d'autre engagement en acceptant le ministère, que de faire exécuter la loi telle qu'elle a été faite par les trois pouvoirs.

Dans la solidarité, au contraire, j'aperçois un engagement volontaire, soit avoué, soit tacite de la part du solidaire de participer aux chances d'une action dont il n'est pas l'auteur.

La solidarité peut donc être définie une responsabilité ou participation volontairement consentie, relativement à une action étrangère.

D'après cela, je regarde les éditeurs, libraires, imprimeurs et distributeurs comme solidairement responsables du délit littéraire, car il n'est pas supposable qu'ils aient agi avec ignorance de cause.

Cependant j'établis une grande différence

entre l'auteur et ses complices solidaires, si j'examine combien diffèrent l'homme qui pense et veut, d'avec ceux qui exploitent matériellement le produit ou l'expression de la pensée.

Serait-il juste que des instrumens fussent passibles de la main qui les fait agir ?

Irez-vous punir ce poignard, parce qu'il aura percé le cœur du meilleur des rois.

D'ailleurs les complices solidaires, dans leur ignorance présumée, sont plusieurs à commettre un même délit ; et sous ce rapport, il s'agit de savoir si l'application de la peine est divisible entre le nombre des délinquans, et par conséquent, susceptible d'être affaiblie d'autant.

Je sais qu'il est certains crimes, le meurtre, par exemple, où la seule participation volontaire, bien que répartie entre plusieurs, entraîne pour chacun des participans, une criminalité absolue et complète. La raison en est qu'il suffisait d'une de ces volontés individuelles pour que le crime eût lieu. On peut citer pour exemple, l'affaire Fualdès. Mais en matière de délits littéraires, il n'en est point ainsi ; le concours de plusieurs personnes est nécessaire à l'effectualité du délit. D'ailleurs, l'intentionnalité des complices ne peut, en aucune manière, ici être comparée à celle de l'auteur.

Il est rigoureusement vrai que dans la plupart des délits littéraires, les imprimeurs, libraires, éditeurs, etc. n'ont pas lu le livre dont ils se sont rendus coupables. Le seul prote, par la nature de son travail, a pu prendre quelque idée de l'ouvrage.

J'estime donc que toutes les fois que l'auteur d'un livre se fait connaître, il serait injuste de répartir également la punition qu'il aurait méritée, entre lui et les instrumens aveugles dont il se serait servi ; car c'est avilir la pensée dont les œuvres sont toujours dignes d'admiration, même au milieu de ses écarts, que d'aller comparer l'homme dont l'esprit pense à, des manœuvres dont les bras agissent et dont la cupidité calcule ; et dans ce cas, je réduis contre les complices, la peine à des amendes et à des emprisonnemens très-courts, puisque l'intérêt mercantile étant leur motif présumé, c'est l'intérêt seul qui doit les punir.

Néanmoins je regarde comme devant être puni bien plus sévèrement , tout éditeur d'un livre dont l'auteur ne sera pas connu, puisque dans ce cas, il n'est plus possible d'admettre qu'il ait ignoré le contenu du livre.

Résumé.

Parmi les nombreuses réformes que nécessite l'état actuel de notre législation, j'ai d'abord signalé les interprétations auxquelles donnent lieu, même chez les auteurs du premier ordre, l'ambiguité, l'équivoque et l'imperfection du langage.

J'ai cherché ensuite à définir la nature, l'importance et les élémens du délit littéraire.

Je me suis livré à quelques considérations sur la nécessité du désaveu et sur l'importance dont il serait de neutraliser et de prévenir la criminalité.

J'ai établi que le meilleur moyen de connaître le véritable sens d'une phrase équivoque, était d'en demander l'interprétation à l'auteur, en lui ménageant la possibilité de se retrancher derrière les imperfections du langage.

Enfin, après avoir jeté quelques idées sur ce qu'on doit entendre par les mots de responsabilité et de solidarité, je conclus qu'il serait nécessaire de présenter une loi dont les dispositions fussent en rapport avec ce qui précède.

En conséquence je propose, sauf discussion, le présent projet de loi.

PROJET DE LOI

RELATIVE AUX DÉLITS DE LA PRESSE.

———

LOUIS, PAR LA GRACE DE DIEU, etc.

Considérant que de tout temps les écrivains les plus supérieurs furent exposés, par suite de l'équivoque, de l'ambiguité et de l'imperfection des langues, aux interprétations erronnées, malicieuses ou absurdes des commentateurs.

Considérant que, par suite de ces interprétations, il est contre toute justice de rendre responsable un auteur d'un délit présumé qu'il n'a pas eu l'intention de commettre.

Considérant qu'il importe également à l'intérêt particulier, à l'intérêt général et à la morale de diminuer le nombre des délits, et de prévenir les suites de la criminalité.

Considérant enfin les avantages que la société, la justice, la langue, la littérature et la morale peuvent en retirer.

Avons ordonné ce qui suit :

Article I.

En vertu de l'art. 8 de la charte, la liberté absolue de la presse est et demeure accordée comme loi de l'état.

Art. II.

Les délits de la presse reconnus par les tribunaux, et avoués par l'auteur, seront punis rigoureusement et d'après les lois existantes.

Art. III.

En cas d'incertitude sur un passage d'un livre, et de désaveu de la part de l'auteur, celui-ci sera admis à donner l'interprétation dudit passage.

Art. IV.

En vertu du pouvoir discrétionnaire, tout membre du tribunal, juré ou juge, aura le droit dans l'intérêt du gouvernement de donner audit passage telle interprétation qu'il lui plaira, et d'interpeller le prévenu sur la question de savoir si telle a été l'intention, ou le sens de sa phrase.

Art. V.

Sur la déclaration positive du prévenu, que telle n'a point été l'intention, ou le sens de sa phrase, il sera tenu d'en donner lui-même une interprétation.

Art. VI.

L'interprétation donnée par l'auteur sera jugée par le tribunal, c'est-à-dire, admise où rejetée, et reconnue ou non équivalente à l'autre, d'après les règles de la logique, de la grammaire et du bon sens.

Cependant la seule déclaration du prévenu ne suffira pas pour déterminer le sens de la phrase, elle devra, en outre, se rapporter à d'autres passages du livre.

Art. VII.

Les interprétations ou variantes étant données par l'auteur, et admises par le jury, seront jointes à tout exemplaire, en forme d'appendice, et tout exemplaire qui n'en sera pas revêtu, sera saisi.

Art. VIII.

L'éditeur ne sera soumis, à toutes les formalités ci-dessus, que dans le cas où l'auteur serait inconnu.

FIN.